DILBERT

Gürsel

5

Merci pour leur collaboration
à Héloïse Dautricourt, André Lebrun et Céline Gürsel

P&T PRODUCTION SPRL • JOKER EDITIONS 11, avenue de Visé • 1170 Bruxelles • BELGIQUE
Tél. : +32 (0)2 672 23 18 • Fax : +32 (0)2 675 17 97 • www.editions-joker.com • e-mail : joker@editions-joker.com

ISBN : 978-287265-505-2
D/2011/5336/447
Premier tirage

Maquette de couverture : Alain Bietton - Lettre Age Sprl
Mise en couleurs : Gurcan Gürsel
Imprimé et relié par Lesaffre - Tournai - Belgique

KA MATE! KA MATE!

KA ORA TENE! TE TAN GATA!..

PUHURU! HURUUU!..
ALL BLACKS
LEGENDS

HOMURGH HOMURG!

MOOUUHH!.. MOUUH!.. GNORK GNORK!..
CHABAL FAN CLUB
ALL BLACKS FAN CLUB
ALL BLACKS
12

PASSE SUR TA GAUCHE ! BRAVOO ! ALLEZ, FONCEZ !

BROM!
OUH!

HOULA HOULA...
?

MAIS QU'EST-CE QUE TU CHERCHES ? LE JEU CONTINUE...
OUI MAIS J'AI PERDU UNE DENT !

NON MAIS... T'ES PAS DINGUE ? NE ME DIS PAS QUE TU CHERCHES UNE DENT DANS CE TAPIS D'HERBE ?!

BEN... SI... C'ÉTAIT MA COURONNE EN... OR !

TEE RA!
A HUU! AA HUUU!.. PANE A HUUUUU!..

WAOOW!.. C'EST FANTASTIQUE HEIN ?
?

QUEL ACCUEIL !.. QUELLE SPECTACLE !..
TIKI ATU!
WHAKA!
FLASH

GATA PUHURUUU!.. GATA PUHURUUU!..
... ET QUEL MAGNIFIQUE SOUVENIR...
FLASH FLASH

KA MATE! KA ORA!
JE VAIS METTRE CES PHOTOS SUR FACEBOOK... GÉNIAL !..
FLASH FLASH
YES MAN, YEEES!

AH, MICHAËL !.. TU COMPRENDS CE QU'IL DIT ?..

OUAIS, IL DIT QUE TU VAS MOURIR!
RETOURNE À TA PLACE... IMBÉCILE !..
KA MATE! KA MATE!
KA MATE

BLAM!

PLAF!

OUH!
BLOF!

MAIS... LÂCHEZ-MOI ! J'AI MARQUÉ ! VOUS ÊTES AVEUGLES ?!

ON S'EN FOUT DE L'ESSAI ! NOUS, C'EST UNE DÉDICACE QUE L'ON VEUT !..
OUI, OUI... MOI AUSSI.
S'IL VOUS PLAAAAÎT...

KAAA MATE!

KA MATE KA ORA KA ORA TENEI! TE TE TE!

TAN GARA PUHURUUUU!..

HURU NANA E! E! TIKI ATU WHAKA!

TE ARA A HU! TE ARA A HUU!

ALLEZ LES GARS, L'HEURE DU JUGEMENT DERNIER A SONNÉ !..

VOUS ALLEZ COMBATTRE AU **CORPS À CORPS** !

PUHURUUUU!..
EUH... COACH... SI VOUS ME MONTREZ MON ADVERSAIRE, JE POURRAIS PEUT-ÊTRE ARRANGER ÇA À L'AMIABLE !..

ENTREZ !..

HÛÛÛ!
CLOK!
HÛÛÛÛ!

HINNNGH!
NNHHH!..

POUSSEZ LES GARS!
POUSSEZ PLUS FORT!
HINNN!
RRAAH!
ÛÛÛH!

ATTENDEZ, BANDE DE CRÉTINS! VOUS DEVEZ POUSSER VERS L'AUTRE CÔTE... HOOOOOO!
RUGBY WORLD
12

WAAOOW !.. QUEL ACCUEIL !
DUTY FRE

APPAREMMENT, CETTE PREMIÈRE JOURNÉE EN NOUVELLE-ZÉLANDE S'ANNONCE TRÈS CHOUETTE.
OUAIS COACH... VRAIMENT TRÈS CHOUETTE.

BIENVENUE DANS NOTRE PAYS, COACH... VOTRE VOYAGE S'EST BIEN PASSÉ ?
AH, MERCI MONSIEUR... OUI, C'ÉTAIT GÉNIAL...
↓ARRIVALS↓

MESSIEURS... MAINTENANT, DIRECTION L'HÔTEL... J'ESPÈRE QU'IL VOUS PLAIRA...
Russley
Hornby Timaru

LES GARS, J'AI PROGRAMMÉ UN ENTRAÎNEMENT POUR DEMAIN MATIN. D'ICI LÀ, REPOS COMPLET APRÈS CE LONG VOYAGE, OK ?

AH NON !..
QUOI DÉJÀ ? NON MAIS C'EST PAS VRAI...
MAIS ENFIN, COACH... C'EST TROP TÔT... ALLEZ, QUOI...

ÉCOUTEZ ! DES MATCHES TRÈS DURS NOUS ATTENDENT ! ALORS ! ENTRAÎNEMENT DEMAIN MATIN, COMPRIS ?

EH BIEN... ON EST ARRIVÉS MESSIEURS...

VOILÀ, C'EST ICI QUE VOS CHAMBRES SONT RÉSERVÉES...
?

MAIS, DITES-MOI... C'EST PAS L'HÔTEL, ICI ! C'EST UN HÔPITAL...
Y HOSPITAL

EXACT... MAIS COMME DE TOUTES FAÇONS, C'EST ICI QUE VOUS VOUS RETROUVEREZ APRÈS CHAQUE MATCH... NOUS AVONS ANTICIPÉ...
CITY HOSPITAL

OUF !..
J'AI FAIM...

TU AIMES LES CRÊPES ?
AH OUAIS, J'ADORE ÇA... QUAND JE COMMENCE, JE NE M'ARRÊTE PLUS !

FACILE... ATTENDS-MOI...

OUH !

BAM !

PLAF !

BLOM !

MAIS ENFIN... QU'EST-CE QUE TU FAIS ?.. CALME-TOI UN PEU !..

ET VOILÀ... LA CRÊPE DE MONSIEUR EST AVANCÉE !

BON LES GARS, CE MATCH EST RETRANSMIS EN DIRECT À LA TÉLÉ. MONTREZ-VOUS DIGNES DE NOS COULEURS !

SI JE MARQUE UN ESSAI, J'ENVOIE UN MESSAGE À LA CAMÉRA POUR MON PÈRE...
PAREIL POUR MOI... À MA MÈRE.

QUELQUES INSTANTS PLUS TARD...
2

OOUAAIIS !

QUELLE PASSE GÉNIALE... SUPER MON GARS !..
12

PAPAAAA ! C'EST POUR TOIII !

MAMAAAN !.. ÉTEINS LA TÉLÉ... VIIIITE !..
12

OUF!
PLAF!

BLOF!
?

BROMF!

ET BIEN VOILÀ ! QUEL SLALOM ! NE RESTE PLUS QU'À DÉPOSER LE BAL...!

DRANK!

ALLEZ LES GARS !..
ATTAQUEZ PAR LA GAUCHE !
WORLD RUGBY NEW ZEAL

?
WORLD CUP RUGBY NEW ZEA

OH LA LA LÀÀÀ !
QUEL DÉLUGE !

20

ÇA S'EST CALMÉ, JE PEUX REPRENDRE MA PLACE.
NEW ZEALAN

?
SPLASH !

IMBÉCILE ! TU PEUX PAS FAIRE ATTENTION ?

CE SOIR, DANS LES GRADINS AUSSI, ON SERA LES MEILLEURS !
APRÈS LUI, C'EST MON TOUR.
HA HA HAA !.. ON EST DE VRAIS DRAGONS !
HA HA HA... OUAAIIS !..

BOUGE PAS... MAINTENANT, T'ES UN VRAI SUPPORTER HEIN ?
HI HI HIII !.. COMME DES INDIENS SUR LE SENTIER DE LA GUERRE !

ALORS, VOUS ÊTES PRÊTS, LES GARS ?!
OOOUAIIIIIISSS !..

DIRECTION LE STADE, ALORS !
ALLEZ LES BLEUS, ALLEZ ! ALLEZ LES GROS, ALLEEZ !

LE QUINZE FRAPPÉ DU COQ, DÉFIE LES OCÉANS ! SON COEUR BAT LA BRELOQUE, POUR SES ESSAIS FUMANTS ! CAR IL PUISE SON COURAGE, POUR ALLER DE L'AVANT !

AVANT TOUTES LES MÊLÉES, ILS INSPIRENT SI FORT ! QU'ILS EXPIRENT EN POUSSÉE, L'ÉNERGIE D'UN RESSORT !

ALLEZ LES BLEUS, ON CHANTE POUR VOUS. ON VEUT DU JEU...
...DU PLAISIR PARTOUUUT !..

ET, MEERDE !
AAAH, NOOON !

AH... SALUT WILLIAM ! C'EST MICHEL, TU TE SOUVIENS DE MOI ? LA DERNIÈRE FOIS QU'ON AVAIT JOUÉ L'UN CONTRE L'AUTRE, C'ÉTAIT LORS DU CHAMPIONNAT À PARIS...
?
EUH... DÉSOLÉ, JE NE ME RAPPELLE PAS.

TIENS...

QUELQUES MINUTES PLUS TARD...
HÛÛÛÛÛÛ!
14

AAH !.. C'EST MICHEL...
?

OUAAIS !.. MAINTENANT JE ME SOUVIENS ! À PARIS TU AVAIS EXACTEMENT LA MÊME TÊTE QUE MAINTENANT.

ALLEZ MON GARS, ALLEZ !
FONCE DROIT DEVANT !

OUAAISS !.. ESSAI !..
BRAVO LES PETITS !..

POUET ! POUET ! POUET !
GLOU GLOU GLOU...

HO HO HOOOO ! FAUTE !..
MAIS Y A FAUTE LÀ !
NON MAIS...

L'ARBITRE !.. TOI...
DONK

ATTENTION À CE NUMÉRO 6 !..
AÏE, AÏE !.. FAUT PLAQUER LÀ...
NOOON ! MAIS, ATTRAPEZ-LE !

?
ALLEZ LES BLEUS, ALLEEEZ !
ALLEZ LES GROS, ALLEEZ !

MAIS, MAIS... QU'EST-CE QUE TU
FAIS LÀÀÀÀ ?! ÇA VA PAS, HEIN ?!

BEN... QU'EST-CE QU'IL Y A ?
JE FAIS L'ENTRETIEN
DU STADE...
LÈVE TES
PATTES,
OUSTE !

?
SCRIIIIIIIIII!

SCRIIIIIIIIIIII!

?
BROMF!

RUGBY WORLD CUP 2011
ITALY - USA

?
HÉ HÉ HÉ,
TU T'ES TROMPÉ,
CON!

GRRR!..

?
AH!.. ENCORE...
MERCI, LE CON!..
?
8

MAIS, QU'EST-CE QU'IL FAIT CE CONNARD? QUE DES MAUVAISES PASSES!
PUTAIN!
C'EST PAS POSSIBLE ÇA!
WORLD CUP RUGBY 2011

HOOO! REGARDE AU MOINS À QUI TU DONNES LE BALLON, ESPÈCE DE CON!
OUAIS! REGARDE D'ABORD, PUIS SOIGNE TA PASSE!
WORLD CUP R

C'EST IMPOSSIBLE ÇA, MESSIEURS...
COMMENT ÇA IMPOSSIBLE, HEIN?!
ROMANIA - ECOSSE

C'EST SANS ESPOIR. IL NE SAIT PAS FAIRE DEUX CHOSES À LA FOIS!
WORLD CUP RUG
ROMANIA
ECOSSE

POM, À TOI !..
OUAIS... JE L'AI !..

AAGH!
CLOK!

TRIIIIIIIT!

ALLEZ LE P'TIT, COURAGE...
OOUHH!

BOUGE PAS MON GARS... VOILÀÀÀ... LÀ, C'EST BON... MAINTENANT TON COUDE...

OUPS! LA BLESSURE EST OUVERTE ET RISQUE DE S'INFECTER.
DONNE-MOI DE L'ALCOOL!

MERCI, DOCTEUR... NE VOUS DONNEZ PAS CETTE PEINE... ON EST AUTORISÉ À BOIRE À LA FIN DU MATCH...

PLOSH!

HÛ HÛ HÛÛÛ !..
JE L'AI PASSÉ COMME UN CAMION...

AARGHH !..
TROP TARD !

IL RESTE UNE AUTRE SOLUTION, MON GARS !

IL N'EST JAMAIS TROP TARD, HOP !

FFFLOSHHHHHH!
IRELAND - AUSTRALIA

MATHIAS! À TOI!
7

OOLÉÉÉÉÉ!..

ARGH!

OUAAISSS!..
UAR
ARGENTINA
LES PUMAS

ARGENT! ARGENTINE! ARGENTINE!
OLÉ OLÉ
UAR

FAUT FAIRE QUELQUE CHOSE, COACH, C'EST LA CATA!
ENGLAND

ET FAIRE QUOI, BON DIEU!

TANT QUE CES SUPPORTRICES ARGENTINES SERONT AUX PREMIÈRE LOGES, ON A AUCUNE CHANCE!
AHH... LES LATINS...
LES PUMAS
UAR
4
2

AHHH!
PAF!
OUH!

OUTCH!

CROC!

ASSISTANT ! NOUS MANQUONS DE PRÉSENCE PHYSIQUE ! OPÉREZ DEUX CHANGEMENTS.

TOMOKAZU, YUJI ! VOUS SORTEZ ! ON VOUS REMPLACE !

HÉ HÉ HÉ ! AVEC NOS SUMOS, NOUS POUVONS DÉSORMAIS PRÉTENDRE À UNE OPPOSITION DE POIDS !

C'EST LUI ?
OUAIS !

OUCH !

BROMF !

TRIIIIIIITT !
BROLO BROLO BROLO !

DÉGAGE, CRAPULE !!!
DU CALME MON GARS, DU CALME !

MAIS... T'ES FOU OU QUOI ?! QU'EST-CE QU'IL T'A FAIT ?!
IL Y A 3 ANS, LORS DE LA COUPE DU MONDE À PARIS, IL A CASSÉ LE NEZ DE NOTRE TALONNEUR...

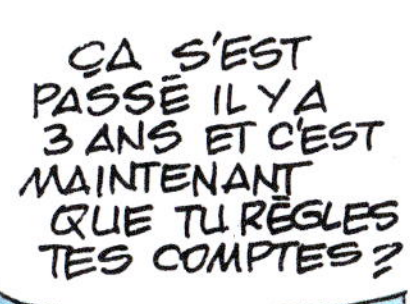
ÇA S'EST PASSÉ IL Y A 3 ANS ET C'EST MAINTENANT QUE TU RÈGLES TES COMPTES ?

BEN... C'EST PAS MA FAUTE, COACH... JE VIENS DE L'APPRENDRE.
SPRINGBOK
SOUTH AFRICA - NAMIBIA

OLÉÉÉ OLÉÉÉÉÉ OLÉÉÉÉÉÉÉÉ !..
VOILÀ NOS HÉROS!
NOOOOOS HÉÉÉROOOSS!
MATE MA'A TONGA
TONGA
TONGA
RUGBY WORLD CUP 2011. NEW ZEALAND
RUGBY WORLD CUP 2011. NEW ZEA

IKALE TAHI
DHL
ANZ

ROSOFT
DOSHIBA
BLACKBERRY

HÉ HÉ HÉ !
HÉ HÉ HÉ ! QUELLE SUPER AMBIANCE, HEIN, LES GARS ?
OUAIS, GÉNIAL !

?

C'EST QUOI CE CIRQUE MONSIEUR L'ARBITRE ?! POURQUOI ON NE COMMENCE PAS LE MATCH ?

EH BEN... C'EST LA DÉMONSTRATION QUE CHAQUE ÉQUIPE FAIT AVANT LE MATCH...
CETTE FOIS-CI, ON ASSISTE AU DÉFILÉ DU COIFFEUR OFFICIEL DU TONGA. PATIENTE UN PEU !..

ON A GAGNÉ OOON A GAGNÉ !..
WAAAAAAAHH !..
OUAAIIIS !..

À NOUS LA VICTOIRE !..
MMCUK
MMMH
NOUS SOMMES LES MEILLEURS !..
OUAIIIIIS !
HARK HARK

QUAND LES GROS DISCUTENT, LES PETITS ÉCOUTENT ! HA HA HAAA !
LE JOUR DE GLOIRE EST ARRIVÉ !
MAINTENANT C'EST L'HEURE DE FAIRE LA FÊÊÊÊÊÊTE !
LES GARS VA FALLOIR MONTER AUX CRÉNEAUX !
HA HA HAA !.. OUAAIIIS !..

BON LES GARS ! ASSEZ RIGOLÉ, DANS CINQ MINUTES DÉCRASSAGE TOURS DE TERRAIN ET DEBRIEFING DE LA FINALE ! ALLEZ, HOP !
TAP TAP TAP
AH, NOON !
OH NON ! LAISSE-NOUS SAVOURER LE TITRE !
JE N'AI MÊME PAS PU TOUCHER LA COUPE !

BOT!

HANNNN HANNNH!

BOP
?

PLOP!

HÉ HÉ HÉ... Y A PLUS PERSONNE...

?
BROLOM!
BROLOM!
HOULÀ HOULÀ!

N'AIE PAS PEUR L'EUROPÉEN! EN NOUVELLE-ZÉLANDE, IL FAUT S'ATTENDRE À DES MICRO-SÉISMES DE CE GENRE, RESTE BIEN OÙ TU ES ET SURTOUT BOUGE PAS!

NOUS SOMMES EN DIRECT, VOS PREMIÈRES IMPRESSIONS À L'ISSUE DE CE MATCH ?
TV

ARRÊTEZ ARRÊTEZ...
TV

?
TV
KLOK
PAF
Kipsta

COMME VOUS POUVEZ LE CONSTATER CE FUT TRÈS DUR.
TV
FRAP
FRAP

NOOOON! PLUS PUISSANTE, LIONEL! FAIS GAFFE!

AAARGH!
DIMITRI! CONCENTRE-TOI QUE DIABLE! PLUS FORT! ALLEEEEZ!
HAHNNN!..
BOUM!

DE TOUTES VOS FORCES LES GARS! ET ON S'ARRÊTE PAS! NICOOOO. BOUGE-TOI LE CUL!
PFFF... PFFF... PFFF...

TRÈS BIEN MON GARS! VOILÀÀÀ! ENCORE QUELQUES TOURS, ALLEZ!
HNNN HNNH!

ALLEZ, ALLEZ, ALLEZ!
HOP! BRAVOOOO!
PLOF!

TRIIIIII!
?
GILBERT

HÉ HO HOO! MESSIEURS, VOUS NE SAVEZ PAS LIRE? Y A D'AUTRES ENDROITS POUR UN ENTRAÎNEMENT, NON?!
TONGARIRO NATIONAL PARK
POLICE

LES GARS! VOUS ÊTES PRÊTS POUR LA VRAIE GUERRE TOTALE?
OOUAIIIIIS!..
ON VA LEUR FAIRE BROUTER LE GAZON!
ILS VONT REGRETTER D'ÊTRE NÉS!

ALLEZ LES GARS! TOUS ENSEMBLE, ON JURE DE GAGNER!

?
HÉ HÉ HÉÉÉ! SALUT LES FILLES!

DÉSOLÉ, MAIS JE NE FAIS JAMAIS DE PROMESSE QUE JE NE POURRAI PAS TENIR!
BONNE RÉPONSE FILLETTE, ARF ARF!
HARK, HARK, HARK!

XV DE FRANCE
ALL BLACKS

DIS-MOI PIERRE, C'EST BIZARRE ! POURQUOI ILS SONT TOUS ÉQUIPÉS DE PROTECTIONS !
BEN, BOOF ! JE NE SAIS PAS QUOI ?!

QUELQUES MINUTES APRÈS...
LUC ! À TOI, ATTRAPE !

FFFLOOOOSSSSHIIIIH !

?
POC
PLAC
POC
?
HOULÀ ! HOULA !

BLOP
BLAC
AÏE AÏE ! UNE CHUTE DE GRÊLONS ! VOILÀ POURQUOI ILS PORTENT TOUS LE CASQUE. AAH !
POC
BLOP
POC
POC
PLAC
BLOC

YES!

YEAAAAH!.. J'AI MARQUÉ!

WAAAH!.. LÀ, ON TIENT LE CLICHÉ LE PLUS HOT DU MONDIAL!
OUAAIS! GÉNIAL EN PLAN SERRÉ!
?
BOUGE PAS MON GARS!
201 PHOTO
55 PHOTO
246 PHOTO
137 PHOTO
57 PHOTO
209 PHOTO

LAISSE MON CUL, PUTAIN!
POUSSEZ PLUS FORT!
PUTAIN!
ALLEZ, ALLEZ!
TOI-MÊME!
POUSSEZ AU FOND, LES GARS!

LÀ, LÀ, JE L'AI VU!
HHIINNGH!
IL EST LÀ!
LAISSE-LE!

PIERRE, LÀÀ! JUSTE AU BOUT!
HARRGH!
D'ABORD MOI! AARG!
MAIS, ÇA VA HEIN!?
OUAIISS! JE L'AI ATTRAPÉ!

OH, MEEERDE!
VOILÀ LES GARS, JE LE TIENS VOTRE STREAKER, MMH! J'AI GAGNÉ QUOI ?

FAIS GAFFE QUAND TU TIRES ET TIENS COMPTE DU VENT, ÇA SOUFFLE !
T'INQUIÈTE, JE VAIS SOIGNER LA TRAJECTOIRE !
ALLEZ LES BLEUS
XV DE FRANCE

NEW ZEALAND
NEW ZEALAND

BOT!

CRASH!

MEERDE!

HOP! KEWELL, ATTRAPE-LE!
10

PLAF!
YES! JE L'AI!
BOP

TRIIIIIIIT!
OUAIIIS! SUPER ESSAI!
YEAAH!

HOULÀ! J'AI PAUMÉ MON DENTIER!

INUTILE DE CHERCHER DANS L'HERBE! POUR LE RÉCUPÉRER, PASSE PAR DERRIÈRE!
16
6

OAARG!
BROUF!
NON, NOON!.. T'ES AUSSI RAIDE QUE DU BOIS! UN PEU DE SOUPLESSE, QUOI!

ÇA NE VA PAS! ESSAYEZ AVEC BOUCLIERS!

VOILÀÀÀ! BRAVOOO! C'EST COMME ÇAA!
BLAF!

ALLEZ, ALLEZ! FULL ATTENTION! VOILÀÀÀ! BIEEEN!
BODO!
ARGH!

OK, LES GARS! AVEC LE BOUCLIER, ÇA VA MAIS SANS CELA, VOS PLAQUAGES SONT NULS! ON RENTRE À L'HÔTEL!

QUE FAIRE POUR AMÉLIORER CELA? JE DOIS TROUVER UNE SOLUTION POUR DEMAIN!..

EUH COACH... VOUS ÊTES SÛR QUE C'EST RÉGLEMENTAIRE?
L'AVENIR NOUS L'APPRENDRA!
3
1

?

!
POT!

ATTENDS, ATTENDS! JE VAIS T'AIDER!

VOILÀÀÀÀ! ALLEZ, ÇA Y EST!

ESPÈCE DE CON!
AUCKLAND
PLAF!
AUCKLAND
New Zealand 2011

TE TE TEEEE!.. KA ORAAAA!..

PUHURUUU!.. PUHURUUUU!..

KA MATE, KA MATE, KA ORA! KA ORA TENEI!.. TE TAN GATA GATAA!.. PUHURRUUU!..

HURU NANA!
E TIKI ATU!
WHAKA WHITI!
HÛ HÛ HÛÛÛ!

BON LES GARS, VOUS ÊTES PRÊTS POUR LA RÉPLIQUE ?
OUAIS ! ON VA LES SCIER !

UN...
DEUX...

ET, TROIS !.. HOP!..

KA MATE, KA MATE,
KA ORA!
TE TE TEEE!
HURU NANA E TIKI
HÛ HÛ HÛÛ!
APPAREMMENT, CETTE FOIS CE SONT LES ARBITRES QUI VONT DÉGUSTER!
4
1
2
9
19
8

ALLEZ LES GARS! TOUS ENSEMBLE ! BLOQUEZ-LE!

RUGBY WORLD CUP • NEW ZEALA

WAAAHH! REGARDEZ LES FILLES!
OUAIIIIS! QUELS CANONS! OUFFF!

?

GO ENGLAND, GO!
ALLEZ LES PUMAS!
ARGENTINE
UAR

DEMANDEZ IMMÉDIATEMENT AU CADREUR DE REVENIR AU JEU! SINON, J'ANNULE LE MATCH!

ALLEZ LES BLEUS, ALLEEZ!
ALLEZ LES GROS,
ALLEEEEEZ!
POOOONNNNNNNN!
POOOOOOONNNNNNN
5
LES BLEUS
RUGBY WORLD CUP 2011 - New Zealand

AU COUP D'SIFFLET FINAL, ILS HONORENT L'ADVERSAIRE, CE COMBATTANT LOYAL!
!
POT!

VOONNN
TRIIIIIIIT!
?
VOOOONN
POOOONN!

TRIIIII!

PON
POONNNNNNN
POOON
EXCUSEZ-MOI MONSIEUR, IL Y A TELLEMENT DE BRUIT QUE JE N'AI PAS ENTENDU VOTRE SIFFLET.

C'EST VRAIMENT UN GROS PROBLÈME POUR NOUS, VOTRE SIFFLET EST FAIBLE.
OUI, REFEREE, C'EST VRAI, VOUS DEVEZ FAIRE QUELQUE CHOSE!
5

D'ACCORD, D'ACCORD! VOUS AVEZ RAISON, JE REVIENS TOUT DE SUITE.

ET MAINTENANT, C'EST BON COMME ÇA ?!
POOOONNNN!
New Zealand

PAF!

WAAM!
CIVIÈRE! VITE!

OH LÀ! C'EST GRAVE, ON DOIT ALLER À L'HÔPITAL.
ÇA VA ALLER MON GARS!
AAAHH!

STADE DE AUC

MAIS, MAIS... OÙ EST-CE QU'ON EST ? ET OÙ VA T-ON COMME ÇA?

DÉSOLÉ, MON GARS. NOTRE AMBULANCE EST EN PANNE. POUR REJOINDRE L'HÔPITAL, C'EST LA SEULE SOLUTION!

HANNNH! ATTRAPE!

AAH! PUTAIN!

HÉÉ! POURQUOI Y A PERSONNE SUR L'AILE GAUCHE ?!

SYLVIOO! OÙ-ES TU ?!
HÉ HÉ HÉ! QUEL BON...

BONK!
QUOI! QU'EST-CE QU'IL Y AAA ?!

BEN QUOI! ON NE PEUT MÊME PLUS AVOIR LA PAIX AUX TOILETTES!

ON EST DANS UNE POULE TRÈS DURE. QUI SONT LES FAVORIS SELON TOI ?
BAH ! LA FRANCE ET LA NOUVELLE-ZÉLANDE ÉVIDEMMENT !

LE CANADA, LE JAPON ET LES TONGA SONT AUSSI DANS NOTRE POULE... TON AVIS ?
ILS N'ONT AUCUNE CHANCE EUX, MON GARS !

DONC, ON PEUT DIRE QUE LES BLEUS ET LES ALL BLACKS SONT AU DEUXIÈME TOUR, ALORS.
GLOU... GLOU... ABSOLUMENT.

ET SI L'ADVERSAIRE DE LA FRANCE EST L'ANGLETERRE AU SECOND TOUR, QU'EST-CE QU'ON VA FAIRE ?
OUI, EH BEN... ON LES ÉCRASERA CAR ON A UNE REVANCHE À PRENDRE.

?
BROULOM !
HOULÀ ! HOULÀ !

LA TERRE TREMBLE ! AU SECOURS ! UNE SECOUSSE SISMIQUE !

NOOON, NE PANIQUE PAAAS, C'EST RIEN.

CE SONT LES BLEUS ET LES ALL BLACKS QUI MONTENT SUR LE TERRAIN.
BROULOM BROULOM BROULOM BROULOM BROULOM

BOUM!
PAF!

HARK!
HARK!
HARK! YEAAA!

LES GARS, VOUS NE POURREZ JAMAIS ARRÊTER CE COSTAUD! OUBLIEZ LA VICTOIRE!

J'AI UNE SOLUTION POUR ARRÊTER CE PACHYDERME!
ON NE JOUE PAS DANS LA MÊME CATÉGORIE! ALORS, À LA PROCHAINE ATTAQUE SUIVEZ MES INSTRUCTIONS!
OK, ON EST AVEC TOI!

HANNN! VOILÀ, SUIVEZ-MOI! DÉPÊCHEZ-VOUS!
HÛ HÛ HÛÛ!

HOP! RHAAA!
TENEZ-LE BIEN!

ET VOILÀ, LE MONSTRE EST NEUTRALISÉ! BRAVO, LES GARS!

POT!

?
RUGBY WORLD CUP 2011 New Zeal
HÉ HÉ HÉÉ!
YEEAH!

HOP!
VOILÀÀ!

AH, TU AS ENVIE DE JOUER, C'EST ÇA? PAUVRE STREAKER.
REGARDE, REGARDE! ÉHÉ, ÉHÉ!

?
OK, JE SUIS PRÊT, MON GARS!

HIAAAAA!.. AU SECOURS !..
VIENS DANS MES BRAS BEAU MEC...

EUH, MERCI MON GARS... GRÂCE À TOI, ON L'A ATTRAPÉ, MAIS TU PEUX TE RHABILLER MAINTENANT!

TU VAS PAS ALLER BIEN LOIN !

AARGH!
BROMF!

ATTRAPEZ-LE! VITE!
BLOQUEZ SA GAUCHE LES GARS! ALLEZ!

VOILÀ! JE L'AI!
?

TIENS BIEN SON BRAS, VOILÀÀÀ! TU CROYAIS POUVOIR T'ENFUIR?
OUAIS! ÇA Y EST!
LAISSEZ-LE MOI, LES COPAINS! AAARRRGH!

BLOF!

ENCORE UN PEU ET IL ALLAIT SE TIRER AVEC LA COUPE! C'EST NOUS QUI AVONS GAGNÉ, MERDE!

DILBERT